고맙고
미안하고
좋아해

고맙고 미안하고 좋아해

Dorothy 글 · 그림 | 허유영 옮김

서문

나는 말 한마디가 큰 힘을 가지고 있다고 믿습니다. 상대방은 그저 무심코 말하고 금세 잊어버리는 짧은 한마디가 때로는 내 전부가 되고 내가 가진 유일한 힘이 되기도 하죠.
말 한마디가 한 사람을 쓰러지지 않게 지탱해주기도 하고, 한 사람의 삶을 더 아름답게 만들기도 하고요.
"고마워." "사랑해."
요즘은 이런 말들을 그저 아무 의미 없는 조사처럼 입으로만 하는 사람이 많습니다. 이런 말들이 더 이상 의미를 갖지 못하고 조금의 진심도 담지 않는다면 어떻게 그 말들을 담아 편지를 쓰고 또 그에 대한 답장을 기다릴 수 있을까요?
과학기술은 생활을 더 편리하게 해주었지만 사람과

사람 사이에 보이지 않는 거리를 만들어놓았습니다. 눈에 보이지 않으면 마음도 멀어지고 편리한 만큼 소중하게 여기는 마음도 사라지게 되죠. 결국에는 사람과 사람 사이가 점점 소원해질 수밖에 없어요. 그래서 이런 생각을 자주 하게 됩니다. 한번 만날 수 있으면 좋으련만, 만나서 얼굴 마주 보고 내 마음을 온전히 전할 수 있으면 좋으련만, 해사하게 웃을 때 살짝 아래로 처지는 눈꼬리를 보며 상대에게 내 진심을 전할 수 있으면 좋으련만…….

묵묵히 내 곁을 지키는 사람은 사실 나도 그를 생각하고 소중하게 여긴다고 말해주길 기다리고 있는지도 모릅니다. "이번 주말에 어디 갈래?"라고 물어봐주고 진심 어린 안부를 전하길 기다릴 수도 있어요. 어쩌면 먼 훗날 내게 그때 내가 했던 한마디를

이야기하며 그 말에서 따뜻함을 느끼고 감동했노라고 고백할는지도 모릅니다.
언젠가부터 우리는 감정을 솔직하게 표현하지 않기 때문에 외로워졌는지도 몰라요. 누구도 마음에 두지 않고 소통을 회피하고 있는 것은 아닐까? 남에게 행복하게 보이고 싶기 때문에 행복한 척하고 있는 것은 아닐까? 무엇을 하든 남의 기대에 떠밀려서 하고 있는 것은 아닐까?
지금부터 좋아하고 사랑하는 사람들에게 진심 어린 말을 건네봐요. 이익 같은 건 상관없습니다. 마음속에 있는 것을 그대로 표현하면 돼요. 마음속 응어리를 풀고 자존심도 잠시 내려놓고 그들이 필요하다고 말해봐요. 그들 모두가 얼마나 소중하고 의미 있는 사람들인지 털어놓고요.

"네가 내 곁에 있는 게 좋아"라고 말해보세요.
이 책은 작은 고백을 담은 책입니다. 내 곁에 있는 사람들에게 전하고 싶은 진심을 책 속에 담아놓았습니다.
이 책을 나의 가족에게 바칩니다.
당신들을 사랑합니다.

Dorothy

CONTENTS

CHAPTER 1 가족 ★ 표현은 서툴지만 나를 제일 사랑하는 사람들

CHAPTER.2

친구 ★ 고마워. 나의 달콤쌉싸름한 인생을 함께해줘서

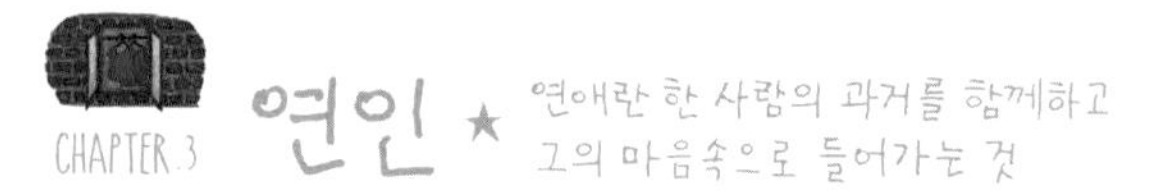
CHAPTER 3
연인
연애란 한 사람의 과거를 함께하고
그의 마음속으로 들어가는 것

CHAPTER 4 자신 ★ 그 누구도 대신해줄 수 없는 바로 나

CHAPTER. 1

가족

표현은 서툴지만
나를 제일 사랑하는 사람들

나의 영원한 동반자.
내가 세상에 태어날 때 제일 처음 곁에 있어준 사람, 나의 마지막 순간에 곁에 있어줄 사람.
바로 가족입니다.
유치한 어린 시절부터 다 자라 성숙해질 때까지, 제멋대로에 고집불통일 때부터 존중을 배울 때까지. 가족은 내가 배우고 성장해 더 훌륭한 사람이 되도록 늘 곁에 있어줍니다. 밖에서 어떤 어려움을 겪든 집에 돌아오면 언제나 다시 일어설 힘을 얻게 되죠. 집은 사랑과 존중을 배우는 곳입니다. 어릴 적 부모님은 어떤 행동을 하면 안 되는지, 어떤 말을 하면 안 되는지 엄격하게 가르쳐주었습니다. 또 일이 뜻대로 되지 않는다고 해서 쉽게 울면 안 되고, 거친 언행을 삼가야 한다고 수없이 당부했죠. 그렇게 많은 '금기'가 우리 스스로 말과 행동을 다스리는 기준이 되고 공공장소에서 자기 자신을 구속하는 규칙이 되었습니다. 부모님은 그것이 타인을 존중하는 것이자 자신을 존중하는 것이라고 말씀하셨어요. 하지만 누구나 집에서만큼은 진정한 자신의 모습을 편안히 드러내 보입니다. 그곳이 바로 집이고, 나를 사랑해주는 사람들이 곁에 있기 때문이에요. 서로를 너그럽게 포용해야만 두터운 정이 쌓이는 법입니다.

한집에서 함께 나고 자라는 것은 인연이며, 가족은 내 인생에서 가장 중요하고 또 가장 사랑하는 사람들입니다.

슈퍼맨 같은 동반자

그대의 넓은 어깨와 쭉 뻗은 두 팔은
내게 강한 책임감과
씩씩하게 날아오르는 법을 심어주었죠.

당부의 말과 끝없는 관심 때문에
나는 내가 가진 모든 것과 삶이
얼마나 소중한 것인지 알 수 있었어요.

치기 어린 시절, 묵묵히 곁에서 지켜주고
청춘의 반항을 기꺼이 받아준 고마운 슈퍼맨!
슈퍼맨은 나의 가족, 슈퍼맨은 고마운 나의 부모님.

떠나지 않고 계속 곁에 있어줘서
고마워요

포옹하기 좋은 계절.
한 담요를 둘둘 말고 별 구경하기에 좋은 겨울.

그리워요.
당신의 체온, 웃을 때 살짝 말려 올라가는 입꼬리와
구붓해지는 눈썹이.
별들에게 이야기를 들려주던
순진무구함과 천진한 낭만이.

끝이 없을 것 같은 어둠이 지나가면
한 줄기 빛이 보이고,
그다음엔 눈앞이 온통 환해질 거예요.
우리는 이 하늘 아래에서
서로에게 의지할 수 있는 언덕이 될 거예요.

CHAPTER.1

너는 내 눈 속의 사과

속마음을 털어놓을 사람이 있고
말없이 보듬어주는 따뜻한 집이 있네.

나를 위해 집 안에는 작은 불빛이 켜져 있고
나를 위해 일용할 양식이 냉장고에 있네.

배가 고플까 봐
지쳐서 돌아올까 봐

나를 위해 가장 좋은 것을 준비해놓았네.
소중한 사람을 위해 가장 좋은 것을 준비해놓았네.

제일 사랑하는 당신이니까

당신의 목소리를 듣는 게 겁이 나요.
당신의 전화를 받는 게 두려워요.

혼자 일하고
혼자의 힘으로 생활할 때는
내가 아주 씩씩하다고 믿고 있어요.

하지만 전화기 저편의 당신은 늘 울먹이기만 하네요.

작별 인사는 언제나 힘들어요

길 건너에 서 있는 두 분을 보며
가볍게 손 흔들어 인사해요.

등하굣길마다 나를 태우고 다니던 자동차.
숱한 슬픔과 행복이 아로새겨진 그 차도
이젠 낡고 빛이 바랬죠.

두 분의 뒷모습이 더 보이지 않을 때까지
말없이 눈으로 배웅합니다.
예전 그 교문 앞에서
두 분이 내게 그랬던 것처럼.

그들이 원하는 건 많지 않지만
우리가 주는 건 언제나 그보다 적다

부모님의 손을 마지막으로 잡은 게
아주 어릴 적이었다는 걸 아니?
부모님과 마음을 열고 얘기하는 걸
얼마나 어색해하고 짜증 냈었는지 기억하니?

짧은 전화 한 통, 간단한 안부 한마디.
조촐한 저녁밥상, 가벼운 손잡기.

이것만으로도 네 마음을 전할 수 있어,
네가 두 분을 걱정하고 있다는 걸.
두 분이 바라는 건 그게 전부야.

너는 잘 모르겠지만
그들은 언제나 너를 많이 사랑해

널 향한 관심과 사랑이 넘치는 그 눈빛.

아주 오랜만에 만난 어느 날,
가족이 모두 모인 명절.

"잘 지냈니?" "아픈 덴 없니?"

그 짧은 물음 속에
말로는 다 전할 수 없는 애틋함과
영원히 널 지켜주겠다는 약속이 담겨 있어.

시간이 흘러도 진심은 변치 않아요

긴 세월이 흐른 뒤에도
주름진 손을 꼭 잡아주고
희끗희끗한 머리칼을 매만져줄 거예요.

긴 세월이 흐른 뒤에도
내가 기댔던 그 어깨를 안아줄게요.
나를 위해 존재했던 그 든든한 피난처를.

시간이 흘러 약해져버린 부모님을 내가 꼭 안아줄 거예요.

가족 앞에선 방패를 내려놓자

언제나 말이 서로의 앞을 가로막죠.
가슴을 후비고 상처를 내요.

자신을 보호하기 위한 것이라 말하지만
무심코 뱉은 날카로운 말이
당신을 사랑하는 사람에게 깊은 상처를 준답니다.

사랑하는 법을 잘 모르겠다고 말하면서
미워하는 법은 너무도 잘 알고 있네요.

달콤하게 잠들길,

더 행복해지길 바라

별똥별이 하늘을 가르고 지나가네요.
당신을 향한 그리움으로 가득한 밤하늘을.

그는 별똥별에게 기도해요.
자신의 행운을 당신에게 가져다주라고.
좋은 꿈을 당신에게 가져다주고,
좋은 사람을 당신에게 데려다주고,
더 행복해진 당신을 자기에게 데려와달라고.

그는 당신만을 위해 기도해요.
당신의 행복이 곧 그의 행복이니까요.

혼자서도 잘 살아야 해요. 알았죠?

우리 산책하러 공원에 갈까요?
커다란 나무 아래서 도시락을 먹고 차도 마실까요?

내가 커버린 뒤엔 늘 곁에 있지 못할 수도 있지만
자주 전화해서 목소리를 들으면 외롭지 않을 거예요.

노력한다고 해서 꼭 잘할 수 있는 건 아니지만
노력하지 않으면 아무것도 잘할 수 없어

사소한 일에 집착하면
아마 영영 그들을 이해할 수 없을 거야.

하지만 그들도 네 나이였던 적이 있었어.
지금 네가 하는 반항과 고민을 다 겪어보았어.

그러니까 그들에게도
너의 자존심과 반항심에 적응할 시간이 필요해.
말하지 않아도 네 마음을 알아줄 거라 생각하지 마.

실망하지 말아요,
틀림없이 있을 거예요

이런 사람 있나요?
온 세상이 당신의 꿈을 비웃어도
당신처럼 진지한 오직 한 사람.

이런 사람 있나요?
온 세상이 잿빛으로 변해도
당신을 위해 등불을 켜주는 오직 한 사람.

이런 사람 있나요?
세상 모두가 진심을 감추고 보여주지 않아도
당신에게 마음을 활짝 열어주는 오직 한 사람.

당신을 꼭 안아주는 사람.

엄마

자기 걱정은 하지 않아요.
밥을 잘 먹든 말든, 옷을 잘 입든 말든
신경 쓰지 않죠.
뙤약볕 아래서 땀을 흘리든, 우산을 쓰고 일하든
상관없어요.

걱정은 오직 하나뿐.
내가 밥을 든든히 먹었는지,
내가 옷을 따뜻하게 입었는지.
늘 내게 이렇게 말해요.
"너무 힘들면 집에 오렴. 집은 네 안식처야."

포용과 사랑으로 집을 지키고,
강인한 용기로 내가 잘 자라도록 울타리가 되어주어요.

그녀의 이름은 엄마랍니다.

모든 것이 고마워요

토스트를 굽고 달걀을 부치는 분주한 아침.
붐비는 시장의 오후.
따뜻한 주방의 저녁.

현관 앞에서 매일 오가는 당부의 말.
"차 조심해." "일찍 들어와."

가장 완벽한 부모님은 아니겠지만
이만큼 마음을 다해 나를 사랑하는 사람은
세상에 없을 것입니다.

가장 완벽한 부모님은 아니겠지만
내가 잘 자랄 수 있도록 아낌없이 내어주는 사람들입니다.

★

CHAPTER.2

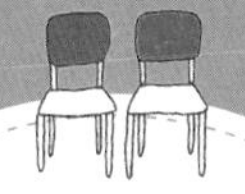

친구

고마워.
나의 달콤쌉싸름한 인생을
함께해줘서

이 넓은 세상 수많은 사람 중에 둘이 만나 친구가 되었습니다.
친구는 많지만 그중에서도 제일 좋은 친구는 바로 그 사람입니다.
친구로 만난 인연을 진심으로 고맙게 생각합니다.
이런 인연이 있기에 지치고 약해졌을 때 곁에 누군가 함께 있어줄 수 있고, 무섭고 힘들 때 누군가의 도움을 받을 수 있어요.
가족에게 말하기 어려운 것들도 친구에게는 쉽게 말할 수 있습니다. 우리가 하나인 것 같은 기분. 학교에서 함께 공부하고 슬픔도 기쁨도 함께 나누고요. 학교 밖에서는 평소에 보여주지 못한 나를 보여줍니다. 다코야키를 먹을 때 가쓰오부시를 듬뿍 뿌려 먹는다거나, 거리를 구경할 때 콧노래를 흥얼거

린다거나.

남들은 모르는 내 모습을 보여주는 것. 이것이 바로 우정입니다.

바람이 불면 나란히 바람을 쐬고 비가 오면 손잡고 웅덩이를 폴짝 뛰어넘어요.

멀리 떨어져 있어도 더 나은 생활을 위해 똑같이 노력하죠.

시간이 아무리 흘러도 우리는 알고 있어요. 영원히 변치 않는 친구라는 것을.

그것으로 충분합니다.

CHAPTER.2

따뜻한 네가 고마워

해가 뜰 때.
해가 질 때.

힘이 날 때.
힘이 들 때.

넌 언제나 별처럼, 어디에서나 부는 미풍처럼
조용하지만 꿋꿋하게 내 곁에 있어.

CHAPTER.2

우리가 헤어지더라도
아름다운 추억 속에서는 늘 함께 있을 거야

와글와글 운동장의 응원 소리.
농구장에서 했던 체육 수업.

아무에게도 말하지 않은 비밀을 적어놓은 일기장.
그리고 나와 너, 그의 풋풋한 청춘.

CHAPTER.2

이 세상에 희망을 가져

넌 누구보다 아름다워.
넌 세상에서 제일 멋진 사람이야.

CHAPTER.2

청춘은 지나가지만
청춘에 관한 모든 것은 마음속에 영원할 거야

교실을 왁자하게 채운 재잘거림.
교무실에 낭랑하게 울리는 아침 인사.

이곳에 우리의 청춘이 그대로 남아 있다.

우리가 새살대며 장난치던 테라스와 아름드리 나무 아래.
우리가 팔짱 끼고 걸었던 그 복도와 푸른 하늘 아래.

CHAPTER.2

순수한 진심, 순수한 관계

진정한 친구는
무엇을 얻기 위해 소식을 전하는 것이 아니라
그저 잘 지내는지 궁금해서 소식을 묻는다.

진정한 친구는
내가 힘들 때 떠나지 않고
내 손을 잡고 함께 걷는다.

진정한 친구는
관계를 돈독히 하기 위한 말이나 선물이 필요치 않다.
진심으로 대한다면 그것으로 충분하다.

신뢰는 말이 아니라 마음에서 나온다

함박웃음을 지으며 서로의 어깨에 기댈 때.
눈물범벅인 얼굴로 코 훌쩍이며 흐느낄 때.
제일 못난 내 모습도, 제일 멋진 내 모습도.

아무것도 감추지 않고 보여주었어.

왜냐하면 바로 너니까.

CHAPTER.2

너만 있으면
봄, 여름, 가을, 겨울 모두 아름다워

가을바람이 불어요.

시끌벅적한 거리마다, 호젓한 골목마다.
옷 가게로, 과자 가게로.

선선한 바람이 가슴속으로 스며들어요.
우리가 함께 지낸 순간순간이 아름다워요.

CHAPTER.2

짧은 안부, 큰 의미

만약 우리가 이 세상에서 제일 먼 사이가 된다면
그건 누구도 먼저 다가가지 않기 때문일 거야.

만약 우리가 이 세상에서 제일 서먹한 사이가 된다면
그건 더 이상 서로를 믿지 않기 때문일 거야.

CHAPTER.2

늘 생각나는 사람

너와 함께 이 세상에서 제일 높은 산에 올라가고 싶어.
너와 함께 이 세상에서 제일 넓은 바다를 바라보고 싶어.

너의 단짝이 되고 싶어.

어떤 오해와 거짓말에도 흔들리지 말고
서로 다투고 싫증 내지 말자. 그럴 수 있지?

CHAPTER.2

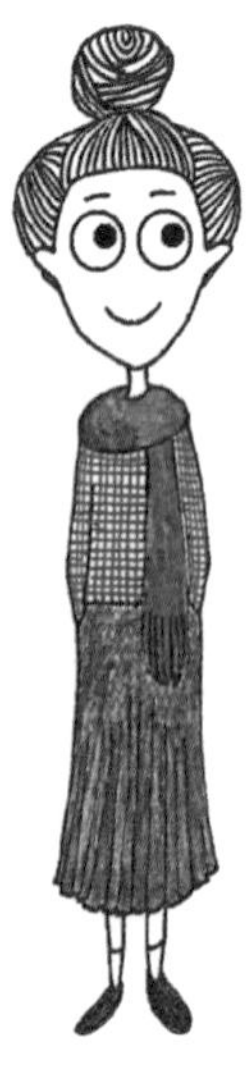

우리의 우정은
태어나기 전부터 시작되었을 거야

아침에는 강가 벤치에 앉아 달걀토스트와 두유를 먹고
저녁에는 야시장의 노천식당에서
뉴파이[•]와 밀크티를 먹죠.

특별히 대단한 것은 없어요.
거창한 식사도 화려한 레스토랑도 필요 없죠.
말하지 않아도 무슨 생각을 하는지 알고,
설명하지 않아도 습관을 알아요.

태어나기 전부터 알던 사이처럼 자연스럽게.

• 대만식 비프스테이크.

CHAPTER.2

가장 진실한 너를
내게 보여주어 고마워

겨울이 되면 함께 훠궈를 먹으러 가자.
탁자에 둘러앉아 요즘 어떻게 지내는지 얘기하는 거야.

입가에 밥풀이 붙은 줄도 모르고 까르르 웃기도 하고
눈물 흘리며 서럽게 울기도 하고.

친구야,
어떤 어려움이 닥쳐도 내가 여기 있다는 걸 잊지 마.

CHAPTER.2

내가 널 그리워하듯
너도 날 그리워하니?

또 비가 내려.
그날처럼 이슬 같은 빗방울이 부스스 흩날리고 있어.

구름이 우리의 작별을 보고 말없이 흘리는 눈물일 거야.
너의 두 뺨 위 눈물방울도 빗방울과 함께 흘러내려.
한 방울 한 방울 우리가 누워 있는 파릇파릇한 풀밭 위로.

또 비가 내려.
그날처럼 이슬 같은 빗방울이 부스스 흩날리고 있어.

CHAPTER.2

세상에서 제일 행복해지길

하루하루 시간이 바쁘게 흐르고 있어.
장맛비가 물러가나 했더니 또 금세 겨울비가 내려.

잘 지내니?
잘 먹고 잘 자고 아픈 덴 없니?

네가 사랑하고, 또 널 사랑해주는
그런 사람을 만났니?

CHAPTER.2

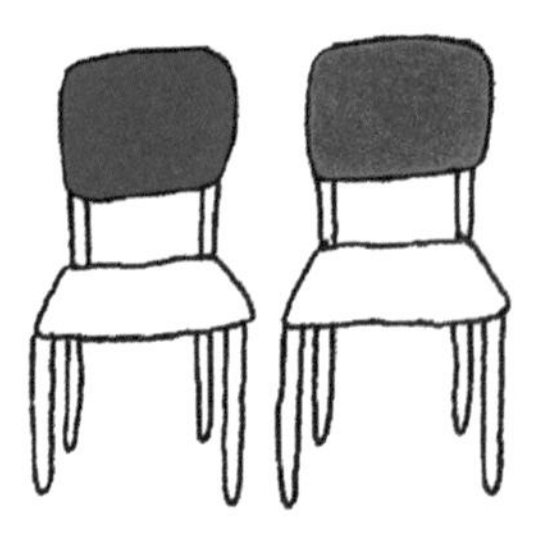

내 곁에 있어줘서 고마워

바람이 불면 그걸 놓치지 말고 높이 날아야 하고
기회가 오면 늦지 말고 붙잡아야 한다고 생각했어.

하지만 언제나 내 곁을 지켜주는 네가
외롭다는 걸 잊어버렸어.

묵묵히 나를 응원해주는 네게
고맙다고 말하는 걸 잊어버렸어.

CHAPTER.2

넌 내 삶의 일부

책임지는 법을 배워야 해요.
좋은 것이든 나쁜 것이든 책임을 미루지 말아요.

기억의 무게를 짊어지고
사무치는 그리움을 삼켜야 해요.

자기 자신을 책임져야 하고
가끔은 타인까지도 책임져야 해요.

★

CHAPTER.3

연인

연애란
한 사람의 과거를 함께하고
그의 마음속으로
들어가는 것

사랑의 힘은 사람을 세상에서 제일 용감하게 만듭니다.
소설 속 로맨틱한 장면이나 영화 속 달콤한 대사는 언제나 우리를 설레게 하고요. 하지만 사랑이라는 사탕이 달기만 한 것은 아니에요. 직접 경험해봐야만 그 안의 복잡한 여러 감정을 맛볼 수 있습니다. 수많은 감정 가운데 일부만이 사랑의 정의가 되고 한번 정의된 사랑이 진리처럼 굳어져버렸어요.
사랑이 변하면 위험하다고들 말해요. 열애 중일 때는 상대에 대한 감정에 깊이 빠져 자신의 모든 것을 내어주기 때문이죠. 자신에게 남아 있는 모든 것을 주고 심지어 자기 세계를 통째로 주어버리기도 하고요. 오로지 상대의 마음을 얻기 위해서 말입니다. 사랑에 눈이 멀어버리면 한 사람밖에 보이지 않아요. 바깥에 폭풍우가 몰아치고 있다는 걸 세상이 다 알아도 사랑에 빠진 그들만 모르고 있죠. 자기 자신도 사랑하며 상대를 이토록 사랑한다면 그 사랑을 누가 나무랄까요?

자신을 사랑해야만 남도 사랑할 수 있다는 걸 기억하세요.

세상에 완벽한 사람은 없습니다. 하지만 두 사람이 함께 쌓는 믿음과 책임, 사랑과 미래는 서로를 더 완벽하고 아름답게 해줄 거예요.

사랑하고 싶다면 먼저 사랑을 믿고 용감하게 사랑하세요.

약한 모습만 보이지 마.
그러면 그도 강해질 수 없어

당신은 혼자서도 자신 있게 씩씩하게 살 수 있어요.
그가 사랑에 빠질 만큼 멋진 사람이니까.

당신에겐 무너지는 하늘도 떠받치고 일어날
용기가 있어요.
그가 사랑에 빠질 만큼 멋진 사람이니까.

사랑할 때 혼자만 느끼는 즐거움은
진정한 즐거움이 아니야

억지로 얻은 사랑은 줄다리기와 같아요.
둘 중 누구도 밧줄을 놓고
상대의 손을 잡으려 하지 않아요.

줄은 점점 팽팽하게 당겨지고,
두 사람의 마음도 점점 멀어져요.

밧줄이 끊어진 뒤에야
두 사람 모두 상처투성이라는 걸 깨닫게 되죠.

그는 자신을 100퍼센트 주었으니까

그는 당신에게 오롯한 사랑을 주었어요.

당신이 힘들고 피곤할 때
"내가 도와줄까요?"라고 물었고
당신이 배고플 때
"뭐가 먹고 싶어요? 내가 사다 줄게요"라고 말했어요.

당신을 억지로 감동시키려 하지 않고
당신에게 진심을 전하려고 했어요.
순간순간 우러나는 진심과 성의를 말이에요.

CHAPTER.3

영원한 해피엔드

함께 보았던 해돋이.
함께 보았던 무지개.

새록새록 싹트는 감정 속에서
성장과 포용을 함께 배우고,
수많은 사람 가운데
우리가 만난 인연과 기적을 소중히 여기고 있어요.

이거 알아요?
내겐 이 세상 모든 아름다움이
당신에 관한 것이라는 걸요.

오래된 길에서는
새로운 사람을 만날 수 없어

저마다 다르게 생긴 사람들.
각양각색의 다채로운 거리들.

사람도 거리도 이렇게 많지만
그와 비슷한 사람을 만날 수 없고
그날과 똑같은 분위기를 찾을 수 없어요.

모든 사랑이 끝까지 장밋빛일 수는 없어요.
아무리 듣기 좋은 노래도 오래 들으면 싫증 나는 것처럼.

당신이 먼저 사랑하고,

당신이 먼저 사랑을 믿으세요

사랑을 잘 아는 사람은 없어요.
세상에서 가장 복잡하면서도 가장 단순한 이 감정을
속속들이 다 알 수는 없어요.

하지만 누구나 사랑받고 싶어 하고
누군가를 사랑하고 싶어 하죠.

CHAPTER 3

사랑이란
안정감과 소속감 속에서 성장하는 것

사랑이란
사랑하는 사람과 사랑받는 사람을 나누지 않는 것.
사랑이란
용기 있는 사람과 용기 없는 사람을 나누지 않는 것.

사랑 앞에서는
자존심과 유치함을 내려놓으세요.

서로 더 나은 미래를 위해
혼자일 때의 홀가분함과 자유는 놓아주세요.

CHAPTER.3

얼마나 양보할 수 있나요?

너무 늦기 전에 붙잡으세요.
마음이 모래처럼 흩어져버리면 다시 모을 수 없어요.

너무 늦어버리면
아름다운 추억보다 아쉬움이 훨씬 많을 거예요.
어쩌면 그 사랑을 형용할 수 있는 말이
'아쉬움'뿐일 수도 있어요.

긴 인생에서 여러 사람을 만나
다양한 색깔의 사랑을 경험할 수 있을 거라 생각하겠죠.
하지만 가슴 깊이 남는 사랑은
일생에 단 하나뿐이랍니다.

생각만 해도
가슴 따뜻해지는 사람

한겨울의 어느 밤.
한겨울의 어느 거리.

서로 기대어 지나가는 친구들, 연인들.
그들이 기댄 것은 어깨와 어깨만이 아니에요.

마음과 마음도 서로 기대고 있죠.
서로 기대어 따뜻해진 두 마음이
세상에 온기를 불어넣는답니다.

며칠이 지나고 몇 달이 지나도
그의 향기가 남아 있어

흩어진 사진들 한장 한장
잠 못 이루는 눈동자들 하나 하나

다투고 원망하는 소리가 귓가에 맴돌죠.
무너진 믿음은 무너진 담장 같아요.

당신과 그녀.
당신과 그.

또 어디에 숨어서 남몰래 상처를 쓸어내릴 건가요?

CHAPTER.3

사랑은 감정을 숨기지 않는 것

너의 너른 어깨를 좋아해.
너의 손가락과 손바닥을 좋아해.

어깨를 안아도 좋고 손을 잡아도 좋아.
지쳤을 땐 안아주고,
힘이 들 땐 기댈 수 있는 기둥이 되어줘.

화려한 약속과 맹세는 필요 없어.
행복은 솔직한 순간에 느끼는 거니까.

C H A P T E R . 3

네가 내 곁에 있으니까

놀이공원.
영화관.

포장마차.
카페.

너와 함께 걸었던 모든 길.
너와 함께 보낸 모든 밸런타인데이.

세상에서 가장 애틋한 곳이고
가장 행복한 순간이야.

없어서는 안 되는 너

햇빛처럼 물처럼.
꿈처럼 음악처럼.

낮에는 편지를 쓰고
밤에는 그리움에 뒤척이며
널 만날 날을 기다려.

CHAPTER.3

자신을 믿고 인연을 믿어

잘하는 것만 하려고 하지 마세요.
지금 서툴다고 영영 배울 수 없는 건 아니잖아요.

지금은 사랑하지 않아도
언젠가는 깊은 사랑을 하게 될 거예요.

CHAPTER.3

너와 미래를 함께할게

오랜 시간을 기다려 너를 만났어.
먼 길을 돌아온 후에야 서로가 소중하다는 걸 깨달았어.

견우별과 직녀별을 함께 보러 가기로 해.
세계일주 배낭여행을 함께 하기로 해.

CHAPTER. 4

자신

그 누구도
대신해줄 수 없는
바로 나

자신에게 솔직히 고백해본 적 있나요?
우리는 자라는 동안 대부분의 시간을 자기 자신과 보냅니다. 스스로를 벗 삼아 한 걸음씩 내디뎌 지금의 내가 되었죠. 하지만 우리는 자기 자신에 대해 너무도 모르고 있습니다. 나보다 더 나를 잘 아는 사람이 있을까? 바쁜 하루 중에도 틈틈이 자기 자신과 대화를 나눕니다. 잘못된 행동은 나무라고 잘한 일은 머릿속에 새겨놓고요. 고요한 밤 가장 진실한 나의 모습을 꿈속에서 만납니다. 현실이 두려워 꿈속으로 도망치는 것이죠. 하지만 도망쳐버리면 모두에게 잊힙니다. 자기 자신조차 나를 잊어버리고요.
하지만 이 세상의 중심은 바로 나 자신이어야 합니다.

기회가 찾아왔을 때 높다랗게 쌓아놓은 울타리를 무너뜨리고 용기 있게 날아오를 수 있을까요? 높이 날수록 익숙한 거리와 사람들이 점점 희미해지지만 그 대신 더 넓은 시야를 얻고 더 많은 사람을 알게 되고, 세상 곳곳을 구경하며 지금까지와는 완전히 다른 나를 만나게 될 것입니다.
자신을 위해 용감해지고 자신을 위해 생각해요.

모든 멜로디와 리듬은 오직 하나뿐이야

노래 같은 사람들이 있어요.
그들은 활발하고 멋지고 화려하죠.

멜로디 없는 가사 같은 사람들도 있죠.
그들은 조용하고 섬세하고 온유해요.

그들에게는 자기만의 이야기가 있어요.
남들은 경험하지 못한 자기만의 인생에 몰입해
자기 자신을 불태우죠.

가끔은 자기 자신에게 물어보자.
"잘 지내고 있니?"

남들 앞에선 용감하고 독립심 강하고 행복한 척하지만
혼자 있을 땐 웅크리고 앉아 외로워하죠.

언제나 하늘이 맑은 건 아니에요.
갑자기 비가 쏟아질 때도 있어요.

어제 아침까지는 반갑게 인사를 건넸던 사람인데
오늘은 낯선 사람처럼 외면하고 지나치기도 해요.

당신도 그런 적이 있었나요?
영혼도 길도 잃은 듯 시간을 보낸 적이 있었나요?

CHAPTER 4

모든 과거에 고마워.

지금의 나를 있게 해주어서

비웃음은 제일 무서운 무기예요.
가볍게 던진 한마디가 상대에게 깊은 상처를 주죠.

포기란 남을 위해 자신을 버리는 것이에요.
당장은 홀가분하지만 긴 아쉬움을 남겨요.

99퍼센트가 불가능해도
1퍼센트의 가능성은 남아 있어요.
멈추지 않고 노력한다면 기적을 볼 수 있을 거예요.

생각을 바꾸는 것은
모퉁이를 도는 것이다

단순한 것은 쉽다고 생각하지만
실은 단순한 것이 가장 어려운 것이기도 해요.

때로는 복잡한 것이 가장 쉽답니다.

세상에 무의미한 일은 없어,
포기하지만 않는다면

모든 것을 다 잃어도
자기 자신을 잃지는 마세요.

온전한 행복을 가질 순 없다고 해도
포기하지 말고 노력해야 해요.

너의 미소가 세상에서 가장 멋져

가장 멋진 것은
명품 옷을 입고 비싼 구두를 신은 모습이 아니에요.
가장 멋진 것은
남들에게 보여주기 위한 열정과 자신감이 아니에요.

가장 멋진 것은
당신의 미소와 가슴속에서 우러난 진심에
살짝 말려 올라간 입꼬리랍니다.

너 스스로 선택해

누가 내 곁에 있을지는 내가 선택할 수 없지만
내가 누구 곁에 있을지는 내가 선택하는 거야.

침묵은 고상함이 아니라,
더 많은 것을 배우지 못하게 하는
장벽일 수도 있다

무지한 사람은
자기 생각을 용감하게 표현하는 사람이 아니라,
남의 비난이 두려워
자기 생각을 표현하지 못하는 사람입니다.

슬퍼하는 것보다 더 가치 없는 것은 없고
진심에서 우러난 기쁨보다 더 가치 있는 것은 없다

크리스마스캐럴이 거리에 울려 퍼지고
따스한 축복이 온 세상에 넘쳐요.

아마도 오늘 밤엔
외로움에 사무쳐 있던 사람도 외롭지 않고
슬픔에 차 있던 사람도
행복과 감동을 느낄 수 있을 거예요.

텅 빈 육체보다는
진실한 영혼을 선택해

가장 좋은 것이 아니라 가장 어울리는 것을 선택하세요.
제일 눈부신 것이 아니라 제일 멋진 것을 선택하세요.

억지로 끼워 맞춘 완벽함보다는
불완전하지만 수수한 자연스러움을 찾으세요.

지금 네가 겪고 있는 것을
다른 많은 사람들도 겪고 있어.
외로워하지도 낙담하지도 마

그는 추억을 노래로 만들었고
그의 추억은 또 다른 추억이 되었어요.

이 세상에는 만난 적은 없어도
비슷한 주파수를 가지고 있는 사람이 많죠.

나부터 바꾸자

세상이 나를 빛나게 해줄 때까지
기다릴 필요는 없어요.
내가 이 세상을 빛나게 하면 된답니다.

제일 높은 곳에 오를 필요는 없어.
너에게 적당한 곳을 찾아

인생이 당신을 바꿔주길 기다리지 말고
당신이 먼저 인생을 바꾸세요.

시련 뒤에는 성장이 따라오고
좌절 뒤에는 강인함이 따라온다

자기만의 무대를 찾으세요.
그 무대 위로 올라가 자기만의 색깔을 뽐내세요.

자기만의 용기를 기르세요.
그 용기로 비웃음, 나약함, 외로움 등등
힘든 고비를 넘기세요.

미래의 너는 지금보다
열 배는 더 훌륭할 거라 믿어

남들이 당신의 용기를 비웃는다면
멋진 미래로 당신의 과거를 증명해 보이세요.

남들과 달라지는 걸 두려워하지 마세요.
평범함을 배우기 싫은 것뿐이죠.

평범함은 배울 수 있지만
용기는 배울 수 없어요.

후기

이 책의 후기를 통해 오랫동안 나를 지지해준 가족에게 고마움을 전하고 싶습니다.
내가 어려울 때 기댈 수 있도록 어깨를 내어주고, 내 손을 잡아 일으켜주고, 내게 희망을 주고 나를 안아주어 고마워요. 내 곁에 있는 친구들도 모두 고마워. 나를 수없이 격려하고 조언해주고 많은 영감을 준 그들이 있었기에 외롭지 않았습니다. 지금의 나를 있게 해준 모든 독자 여러분, 고맙습니다. 당신들의 격려 메시지와 따뜻한 편지, 글자 하나 문장 하나가 내게는 말할 수 없이 소중해요.
차이나타임스 출판사의 편집 팀에게도 진심으로 고마움을 전합니다. 이 책이 예쁘게 단장하고 독자 앞에 나설 수 있도록 작은 디자인까지도 세심하게 고민하고, 다양한 마케팅을 위해 쉬지 않고 회의하

고 밤샘도 마다하지 않은 열정에 감동했습니다. 내 매니저 조지프에게도 고마움을 전합니다. 그가 해준 전문적인 건의가 내 시야를 넓혀주었어요.

이들이 곁에 있는 게 얼마나 행운인지 모릅니다.

내가 만났던 모든 이에게 고마움을 전합니다. 누구 하나라도 없었다면 지금의 나는 없었을 거예요. 내게 찾아왔던 모든 어려움을 고맙게 여깁니다. 그 좌절과 고통이 없었더라면 나는 지금처럼 용감하고 씩씩할 수 없었을 것입니다. 앞으로 갈 길이 많이 남아 있습니다. 내가 또 누구를 만나게 될지 아무도 모릅니다. 인생이 행복하기만 하거나 슬프기만 할 수는 없습니다.

어느 날 우리가 어느 길모퉁이에서 마주치게 될 수도 있고, 어느 강가의 벤치에 나란히 앉아 커피를

마시게 될 수도 있습니다. 아니면 같은 산에서 석양을 바라볼 수도 있고, 같은 거리의 벤치에 앉아 오가는 사람들을 구경할 수도 있고, 해변의 콘서트에서 나란히 서서 환호성을 질러댈 수도 있어요. 앞으로의 모습이 당신의 상상과 같든 다르든 지금 당신의 모습과 당신이 해야 할 것들을 잊지 않는다면 어떤 미래가 오든 그때의 자신을 기꺼이 받아들일 수 있을 거예요.

자기 자신에게 충실하고 남들에게 진실하게 대하는 것은 어렵지 않습니다.

이 책을 끝까지 읽어준 독자 여러분에게 고마움을 전합니다. 이 책을 손에 들고 한 줄씩 읽고 한 페이지씩 그림을 보아준 여러분에게…….

이제 여러분이 고백할 차례입니다.

고맙고
미안하고
좋아해

초판 1쇄 인쇄 2016년 12월 27일
초판 1쇄 발행 2016년 12월 30일

지은이 Dorothy
옮긴이 허유영
펴낸이 이수철
주 간 하지순
편 집 정사라, 최장욱
디자인 이다은
마케팅 정범용
관 리 전수연

펴낸곳 나무옆의자
출판등록 제396-2013-000037호
주소 (03970) 서울시 마포구 성미산로1길 67 다산빌딩 301호
전화 02) 790-6630 팩스 02) 718-5752

페이스북 www.facebook.com/namubench9
인쇄 제본 현문자현 종이 월드페이퍼

ISBN 979-11-86748-83-1 03820

* 나무옆의자는 출판인쇄그룹 현문의 자회사입니다.
* 책값은 뒤표지에 표시되어 있습니다.

* 이 도서의 국립중앙도서관 출판예정도서목록(CIP)은 서지정보유통지원시스템 홈페이지(http://seoji.nl.go.kr)와 국가자료공동목록시스템(http://www.nl.go.kr/kolisnet)에서 이용하실 수 있습니다. (CIP제어번호: CIP2016027540)